AF339971

LA GORGONE.

PROLOGUE POUR LES DAMES.

Dans presque tout, une idée qu'on livre à l'imagination en amène une autre. J'ai reconnu la nécessité de m'adjoindre un secrétaire éclairé, pour partager mes travaux avec lui, et voici le récit de ce qui s'est passé entre lui et moi ce matin :

« Maîtresse, m'a-t-il dit, si vous ne traitez que la
« politique, cela effraie les dames, et elles ne vous li-
« ront pas ; pour moi, puisque je les ai toujours aimées
« et chantées, pourquoi ne chercherai-je pas à les distraire
« en les amusant par des articles faits pour elles, tant en
« vers qu'en prose, des élégies, des tableaux de mœurs,
« des fables faites dans les leurs, des modes quelque-
« fois, des théâtres, des romans nouveaux, et je me
« chargerais de cela avec conscience et en juge impar-
« tial et véridique, nous alternerions nos numéros.

« Ainsi, jusqu'à la fin du mois, je vous laisserai le
« champ libre, mais le 5 février ma critique sera plus
« douce ; et au moins le mari aura son journal sérieux
« dans son cabinet, et madame le sien agréable dans son
« boudoir, et la paix sera dans le ménage lorsqu'on
« parlera de l'abonnement à faire ; et, pour les distin-
« guer, les numéros de ma revue hebdomadaire pour les
« dames, auront une couverture rose ; c'est la couleur
« qui leur ressemble le plus ; elle devra leur plaire sans
« que leurs maris patriotes en soient jaloux.

« — Vous avez une idée neuve et heureuse, lui dis-je
« aussitôt ; je sais que depuis quinze ans vous avez amassé
« de nombreux matériaux d'une variété très grande ; ayez
« recours à quelques amis qui vous aideront dans cette
« tâche et, si vous réussissez, je vous féliciterai de cette
« idée ingénieuse. »

Il me quitta alors tout satisfait. Je mis la main à la
plume dès qu'il fut sorti, pour nous dépeindre tous les
deux ; me voici à l'œuvre.

Je suis fille de l'enfer,
En l'avouant, je m'expose,
Car dans ce siècle de fer
Tout n'est pas couleur de rose.
Ici j'apporte un flambeau
Afin d'éclairer la terre :
A votre sexe si beau,
Il offrira sa lumière.
Lectrices ! ne tremblez pas,
La *Gorgone* vous en prie ;
Elle vient guider vos pas
Dans le chemin de la vie (1).
Puisqu'ici tout va si mal,
(On l'a dit dans l'autre monde,)
Suivant le fleuve infernal
Je viens voir la boule ronde,
Pour vous dire en prose, en vers,

(1) Allégorie à des fables prises dans nos mœurs actuelles et pour les
dames, composées par mon secrétaire.

(Voulant plaire à tout le monde)

Et vos mœurs et les travers,
Dont votre pays abonde.
Mais pour ne pas abuser
D'une trop longue audience,
Je me hâte de causer,
Car je sais que l'inconstance
Est un de vos lots charmans ;
Un damné mélancolique
Me l'apprit dans ses tourmens,
Il était trop romantique ;
C'est très mal chez les amans.

Se suicider est folie,
On le sait ! Un autre amour
Auprès de femme jolie
Console dans un beau jour
Des fers qu'ainsi l'on délie.

Où donc est notre gaîté ?
Voulant la voir renaître,
Pour qu'un Français soit cité,
Par l'esprit être encore maître,
Pour secrétaire j'ai pris,
Près de vous c'est bon gage,
L'auteur frappant Némésis (1)
Et qui vengea notre outrage,
En l'accablant de mépris.

(1) Mon secrétaire entend citer la Némésis dont on ne parle plus, et
non celle patriotique de M. Destigny.

Quoiqu'encore jeune d'âge,
Gilblas avait moins couru,
Sauf pourtant son brigandage;
Que dans Lesage on a lu.
Douze ans il a fait voyage,
Et dans beaucoup de pays,
Par son heureux caractère,
Qui lui fit de vrais amis,
Sur des faits, que je dois taire,
Il rassemblait des écrits;
Au public en fit mystère.

Il dut à la liberté
L'infortune de sa vie,
Depuis, triste, il a chanté,
Dans ses accens, sa patrie.

Il retrouva de beaux jours,
Car la nature discrète
Qui l'avait créé poète,
Le fit peintre des amours;
Et celui du bien respire
Dans ses chants et dans ses vers.

Patriotique est sa lyre,
Quand sous ses doigts, dans les airs,
Sous les beaux cieux qu'il admire,
Elle forme des concerts
Et plus doucement soupire.

Imprimerie de AUGUSTE MIE, rue Joquelet, n. 9, place de la Bourse.

LA GORGONE.

PRÉAMBULE AUX DAMES PAR SON SECRÉTAIRE.

Sexe enchanteur qui , sans chercher à plaire ,
Sans le vouloir, sait si bien nous charmer ;
Adolescent ! tu m'apprenais à taire
Combien ton cœur est tendre et peut aimer.
Oui , sur les bords du fleuve de la vie ,
Semé par toi des plus brillantes fleurs ,
Je les voyais.... et mon âme ravie
Se pénétrait de leurs douces odeurs ;
Je te dois donc de la reconnaissance !

Pour te guider dans ce monde trompeur ,
Par mes leçons j'instruirai ton enfance
A préserver de tout vice ton cœur ,
Et pour mûrir ta jeune intelligence ,
Mais sans fatigue , en scène adroitement
A ton esprit j'offre des personnages ,
Conduits toujours par un bon sentiment ,
Expliquant tout ; dont les conseils très sages
En l'amusant , lus à chaque moment ,
Soit par la fille , ou l'épouse , ou la mère ,
Qui leur devront bonne éducation ,
En me trouvant agréable ou sévère ,

Achèveront, par cette instruction,
Celle déjà qu'on puise dans le monde.
Gardant l'espoir, près d'elle du succès,
Oui, c'est ainsi qu'aujourd'hui je le fonde,
Jusqu'à vos cœurs si mes vers ont accès.

PROLOGUE POUR LE FABLIER DES DAMES.

Des fables après Lafontaine,
Lecteurs, lectrices, direz-vous ?
L'auteur, à tort, s'est donné de la peine.....
Son espérance est vaine.
Nul ne peut égaler ce grand maître ! Entre nous,
Ce préjugé que je dois craindre,
Ici je le dis, et sans feindre,
Veut quelques explications.

Si le fond de nos caractères
Est le même, et ne change pas ;
Le temps qui s'avance à grands pas ;
Les révolutions, cratères,
Causes de bouleversemens,
Apportent de grands changemens
Dans nos mœurs et dans notre vie.
On ressent autrement l'envie ;
Qu'on la ressentait autrefois,
Et de nouvelles lois,
Ainsi que de nouveaux systèmes,

Agissant sur nos droits,
Les ont changés; ils ne sont plus les mêmes.
On est encore en proie aux passions;
Mais, dans notre progrès, les éducations
Se font tout autrement pour garçon ou pour fille,
Nous sommes devenus *famille.*
On s'occupe de ses enfans
Dans l'intérieur du ménage,
Et le père, dans leur jeune âge,
S'empresse de guider leurs pas si chancelans;
Quand la mère sourit à leurs bras caressans.

Lorsqu'ils avancent dans la vie,
Que vous leur faites la leçon;
Pensez-vous qu'une allégorie
Soit comprise par leur raison?
Je crois que vous répondrez : non;
A des personnes d'autres âges
Elles ont échappé souvent.
J'ai pensé que des personnages,
Les expliquant dans leurs langages,
Éviteraient ce grand désagrément,
Et qu'il manquait au beau sexe que j'aime;
Et qui fait ici bas notre bonheur suprême,
Un fablier tout exprès composé,
Et j'osai lire dans les âmes
Des jeunes filles et des dames....
Sans doute que j'ai trop osé;
Mais si j'ai pu me rendre utile,
Si j'ai pu faire quelque bien
Et rendre une leçon facile,

Pour un bon citoyen
C'est une récompense
Qu'il est bien doux de mériter.
Enseignant surtout la prudence,
Si par moi l'on peut éviter
Quelque travers ou quelque vice,
Les maux causés par les excès
De l'orgueil ou de l'injustice,
Pour moi quel glorieux succès !
Je tâchai, sans que je les blesse
Dans mes fables de faire entendre une leçon
A l'âge fait, à la jeunesse,
En les guidant par la raison ;
Mais en leur expliquant chaque comparaison.

Sexe aimable ! que ton suffrage
Pour moi serait un encouragement !
Et je ferais alors un autre ouvrage
Où je peindrais assurément
Ta douceur, ce doux apanage,
Lorsqu'il se mêle au sentiment.

Celui qui n'aime pas ses parens ni sa mère,
Qui ne sait pas goûter une amitié sincère,
Et qui ne chérit pas, et son frère et sa sœur,
Certes, n'a pas senti la joie et le bonheur
Que Dieu nous donna sur la terre !

PENSEES

SUR L'AMITIÉ ENTRE LES HOMMES ET LES FEMMES.

Composées pour l'album de madame Benoist Odiot.

———

Parmi tous les sentimens qui peuvent contribuer au bonheur de l'existence d'un homme sensiblement organisé, le plus délicieux, lorsqu'il a l'heureuse chance de le rencontrer, est, à n'en pas douter, l'amitié d'une femme aimable, bonne, douée d'une raison juste, d'un esprit cultivé, quoique sans prétention, et ayant la connaissance du monde. Aussi dévouée et désinstéressée que celle d'un homme, elle a plus de douceur et est souvent plus durable, car aucun mouvement de rivalité ne peut jamais l'altérer. Les succès de chacun se trouvant dans une sphère différente, deviennent, au contraire, un sujet de jouissances l'un pour l'autre.

Placées, par notre civilisation et nos mœurs, dans une position toujours fausse ou dépendante, plus d'aménité se mêle dans les rapports avec elles ; plus habituées que nous à réfléchir sur ceux du monde, qui pour elles sont tout ; à modérer leurs premières impressions, souvent même réduites à les cacher ; elles savent, par des conseils, où règnent la délicatesse et la bonté, tempérer cette espèce de rudesse de pensées, et même d'expressions qui nous emporte quelquefois trop loin, et qui semble, cependant, se glisser plus que jamais dans nos mœurs actuelles, sans doute à cause des idées d'indépendance, qui s'y introduisent davantage tous les jours.

Avec quelle douceur ne savent-elles pas nous rappeler à la raison, lorsqu'une passion trop vive nous en fait écarter; nous éclairer sur les mauvaises habitudes que nous pouvons prendre; quelquefois aussi sur les liaisons dangereuses auxquelles nous nous laissons trop souvent entraîner dans le monde! Quel tendre intérêt, enfin, ne portent-elles pas à tout ce qui peut arriver à l'objet de leurs affections?

Tout entières aux sentimens qui remplissent leurs âmes, et n'en n'étant pas détournées, comme nous, par des travaux sérieux, elles s'en occupent sans cesse, et veillent sur nous comme un ange bienfaisant.

Mais si nous venons à éprouver quelque peine de cœur, combien leurs paroles touchantes savent les adoucir! Si nous avons à supporter des inquiétudes d'affaires, ou des revers de fortune, c'est alors qu'elles déploient tout ce qu'elles ont de grand, de généreux et de dévoué dans le cœur; et souvent nous leur devons de retrouver, pour les combattre ou les soutenir, un courage qui nous abandonnait.

Il faut l'avoir éprouvé pour savoir ce qu'a de puissant sur le moral d'un homme qui se laisse abattre par le malheur, les idées élevées d'une femme qui aime profondément! Elle nous fait rougir de notre faiblesse, et souvent nous lui devons de puiser dans notre âme une nouvelle force qui nous fait vaincre toutes les difficultés qui semblaient devoir nous accabler.

Heureux celui qui, dans le cours de sa vie, a pu rencontrer le modèle des pensées exprimées ici! Heureux surtout, s'il sait apprécier tout son bonheur, et le ménager de manière à pouvoir en jouir sans cesse!

Ces pensées et observations ne sont qu'une faible esquisse de celle qui me les a inspirées, et pour laquelle elles sont tracées. Ses amis la reconnaîtront facilement en me lisant, sans aucun doute !

LA ROSE ACCORDÉE.

Tableau Ier

Alfred arrive chez Zélie,
Tenant une rose à la main,
Elle demande, mais en vain,
Le don de cette fleur jolie,
Qu'il lui fait long-temps désirer.
Alfred lui dit : « de cette rose
« Que Zéphir aime à carresser,
« Selon ton désir je dispose ;
« Mais je veux sur moi te presser. »
Croyant que c'était une ruse,
Elle n'y voulait consentir,
— « Au moins, faites moi la sentir,
« Vous y mettez un trop grand prix,
« Lui dit-elle, et je la refuse. »
Alfred reprend : « dans sa famille
« Qui sait charmer mon cœur épris,
« Oui, je désire qu'elle brille ! »
Et, sans lui dire son dessein,
D'un bras amoureux il l'enlace ;

Et sa main qui choisit la place,
Fixe la rose sur son sein.

———

Tiré du premier livre d'Alfred et Zélie, ou la Guirlande des amours, suite de tableaux, composés de trois livres de vingt ce genre.

THÉATRES.

Si mes lectrices veulent se réveiller des fatigues des bals et soirées masqués et non masqués, et leur faire succéder des émotions plus fortes pour réveiller leurs sens engourdis, qu'elles aillent voir à la Porte-Saint-Martin *Lucrèce Borgia*, nouveau drame de Victor Hugo, joué admirablement par mademoiselle Georges et Frédéric-Lemaître ; mais en attendant le nouvel opéra, musique de M. Auber, que l'on répète tous les jours, à l'Académie royale de musique, pour la première représentation duquel il faut qu'elles préparent déjà leurs toilettes ; elles sont engagées à aller voir les Malheurs d'un amant heureux, joués par les sommités du Gymnase. Cette pièce charmante de M. Scribe tout seul a, dit-on, été le prix d'une réconciliation.... Il était temps !.... Ou encore Faublas dont Lafont et la troupe excellente du Vaudeville, appelle la bonne compagnie tous les soirs.

Le Secrétaire de la Gorgone.

———

Imprimerie de AUGUSTE MIE, rue Joquelet, n. 9, place de la Bourse.

LA GORGONE.

STROPHES

SUR LA PRISE DE LA CITADELLE D'ANVERS.

Dédiées aux troupes victorieuses représentant l'armée
française en Belgique.

Honneur à vous, braves soldats français !
La face au feu, les pieds dans les marais,
Remplis d'ardeur et d'un noble héroïsme,
Bravant les coups des boulets hollandais
Devant des murs crénelés, hauts, épais,
Et combattant avec patriotisme ;
Vos ennemis ; vous les avez vaincus !
Vous paraissez ! ils ne sont déjà plus.

Le Hollandais leva la tête ;
Les Français chantent sa défaite !

Princes et chefs ! artilleurs, fantassins,
Et vous mineurs, aux plombs offrant vos seins,

Dans tous vos rangs, quelle noble harmonie !
Les généraux conduisaient les soldats ;
Et partageaient les périls des combats.
Par ses travaux, l'admirable génie
Les préservait des coups de l'étranger,
Couvrait leurs pas, et parait au danger.

France ! tu peux lever la tête,
La citadelle est ta conquête !

Mes chants diront leurs peines dans les nuits,
Et l'eau des cieux qui causait leurs ennuis ;
Sans murmurer, leurs fatigantes veilles,
Lorsque l'histoire un jour les écrira,
De leurs beaux faits, peut-être on doutera,
En méditant ces brillantes merveilles ;
Et la constance et l'émulation
Montrant encore la grande nation.

France ! tu peux lever la tête,
Pour toi combattre est une fête !

Dignes enfans de tous ces vieux guerriers
Qui recueillaient les fruits de leurs lauriers ;
En essuyant vos glorieuses armes,
Lorsqu'aux combats succèda le repos,
N'avez-vous pas regretté tous les maux
Des Polonais... sur eux versé des larmes ?

Hélas ! un jour, trahis, abandonnés,
Par l'autocrate ils sont assassinés !

La foudre a tombé sur leur tête ;
Pleurons tous leur triste défaite !

Nos ennemis voient d'un œil envieux
Tous vos exploits et vos faits glorieux,
Et vos talens ! Oui, toujours le courage
Est notre lot ; du sol national,
(Encor guidés par Gérard, maréchal,)
S'ils écoutaient leur impuissante rage,
Il surgirait des guerriers, mâles, forts
Pour que le Rhin nous rende enfin ses bords.

France ! tu peux lever la tête,
Et sonner encore la trompette !

Mais non ; déjà le Russe, le Prussien,
Ayant encore avec eux l'Autrichien ;
Ont fait partir des rives de la Meuse
Un corps d'armée ; il dut quitter ses bords.
Qui consentit au départ, sans efforts ?
Le ministère ! et l'ardeur généreuse
Qu'ont nos soldats ; ils dûrent la calmer,
Ah ! par un ordre il sut la comprimer !

France ! il te fait baisser la tête,
Quand tu peux sonner la trompette !

Nobles guerriers ! oui, l'on tremble de peur
Que vous preniez quelque goût à l'honneur.
Pour le salut de tous nos vils ministres,
Rentrés au gîte, oubliez la valeur
Qu'aucun d'eux n'a dans le fond de son cœur.
Veillez sur eux ; lorsque des lois sinistres,
Qui détruiront toutes nos libertés,
Viennent trahir leurs projets effrontés.

France ! courberas-tu la tête ?
Conjure plutôt la tempête !

Vous le verrez ! la basse faction
Gouvernant mal ! hélas ! la nation,
(De pis en pis, ainsi l'on nous gouverne),
Ne méditant que d'affreux coups d'état,
Nous avilit, et ternit notre éclat.
Par des grands mots on nous berce, on nous berne,
Et l'on nous prouve ainsi que le pouvoir
Nous a trompés, et déçu notre espoir.

France ! courberas-tu la tête ?
Conjure plutôt la tempête.

Puisqu'au budget nous ne pouvons rien voir,
Dans l'avenir, nous devons loin prévoir,
Tous les malheurs, qu'avec impéritie,
(Lorsqu'on propose à la chambre des lois,
Nous enlevant tour-à-tour tous les droits
Qu'avait gagnés aux trois jours la patrie),
On nous attire; afin de moins souffrir;
Ou pour ne pas nous laisser asservir.

France ! conjure la tempête ;
L'orage gronde sur ta tête !

Ces renégats à leur opinion
Sacrifiant à leur ambition
Antécédents, vertus, avec cynisme ;
Pour dire ici toute la vérité,
Ils ont agi pour notre liberté ...
J'en ai vu deux dans le carbonarisme.
L'autre vanta la restauration
Que deviendra la grande nation ?

France courberas-tu la tête ?
Conjure plutôt la tempête !

Devinez-vous ? Ces ministres anglais,
Qu'on nous disait alliés des Français,
Ils nous berçaient d'une illusion vaine,
Pour attirer un orage sur nous ;

Et nos marins les ont rendus jaloux :
On voit percer contre eux leur vieille haine.
N'oublions pas qu'ils ont pris nos vaisseaux ,
Traîtreusement dans la paix , sur les eaux.

    S'ils méditaient telle conquête,
    A leur répondre qu'on s'apprête !

Soldats ! ici vous voilà de retour ,
Je l'ai prédit ; oubliez un séjour
Pernicieux, car l'esprit de conquête
Est défendu ; qu'en garnison l'amour
Ou le bon vin , vous charmant tour à tour
Fassent tourner seulement votre tête ,
Et tout honteux de ce que l'on a fait ,
Dans la caserne oubliez ce méfait.

    Par ordre la sainte alliance
    Exige que l'on rentre en France !

QUATRAIN

DEMANDÉ POUR UNE STATUE DE LA LIBERTÉ.

Dieu nous a fait la conscience libre ,
    Il aime donc la liberté ;
Mais ayons la , comme aux beaux jours du Tibre ,
    Pure ; avec sa virginité !

VERS ADRESSÉS A UN AMI,

Un jour qu'il devait aller le soir en habit français au bal donné par
le duc d'Orléans (le roi actuel) à Charles X, et au roi et à la reine
de Sicile,

———

Je crois d'ici, te voir, une brette derrière,
L'habit au collet droit, le claque sous le bras ;
Étalant dans le bal ta grâce roturière,
Imiter d'un marquis l'air et les embarras.
Prends garde, mon ami, sous ce costume antique
Que le plaisir te fais revêtir en ce jour,
Sont cachés tous les maux qui de la politique
Forment plus que jamais le cortège et la cour ;
Le tartuffe de mœurs, le dévôt hypocrite,
Qui, jadis libertin, rampe sous l'encensoir ;
Et ce vil courtisan qui flétrit le mérite
Et foule aux pieds l'honneur pour flatter le pouvoir :
L'émigré, plein de fiel, qui, fier de sa noblesse,
Dans le temple des lois, par l'intrigue jeté,
Par des actes honteux, signale sa bassesse,
Et se vote un milliard, qu'il nomme indemnité.
Mais cette indemnité, qu'ils reclamaient sans cesse,
Est le fruit des forfaits qui les ont fait chasser,
Au peuple dévorer son travail, sa richesse,
Voilà les seuls talens qu'ils ont su rapporter
De cet exil si juste où leur race flétrie,
Mendiait et la vie et les secours honteux,
Des tyrans étrangers, qui dans notre patrie

Nous les ont à la fin ramenés derrière eux.
Ah ! quitte cet habit qui déguise le vice,
Plus noble sous celui d'un simple citoyen,
Soutiens la liberté ; combats pour la justice ;
Et dis avec orgueil : « oui ; je suis plébéïen ! »

NOUVELLES DES DEUX CHAMBRES.

M. Dupin restera le même toute cette cession, comme il fut le même au palais ; un vrai métis croisé, on ne sait de quelles races. La session avance et, comme le dit spirituellement le *Corsaire*, le bœuf gras, ou le budget, véritable veau d'or, vont se promener dans Paris les trois jours à venir. Au moment où tous les députés devraient être présens à ce vote si important pour le bonheur de la France, plus d'un quart sont absens et manquent à leur poste dans toutes ses divisions : électeurs, prenez-en note pour les prochaines élections dans vos départemens.

Au milieu des graves événemens qui se débattent et surgissent à chaque moment dans tous les pays de l'Europe, lorsque nos ministres imprévoyans croyaient pouvoir compter sur la chambre des Pairs, l'apostat Barthe n'est pas même écouté dans cette assemblée aristocratique. Peuples, réjouissez-vous, l'émancipation intellectuelle se fait de toutes parts!... Voyez aussi l'Irlande!

LA GORGONE.

Imprimerie de Auguste MIE, rue Joquelet, n. 9, place de la Bourse.